Nous remercions le ministère du Patrimoine canadien, la
SODEC et le Conseil des Arts du Canada
de l'aide accordée à notre programme de publication

Patrimoine   Canadian
canadien   Heritage

ainsi que le Gouvernement du Québec
– Programme de crédit d'impôt
pour l'édition de livres
– Gestion SODEC.

Illustration de la couverture
et illustrations intérieures:
Marie-Claude Favreau

Couverture:
Conception Grafikar

Édition électronique:
Infographie DN

DANGER

LE
PHOTOCOPILLAGE
TUE LE LIVRE

Dépôt légal: 1er trimestre 2004
Bibliothèque nationale du Canada
Bibliothèque nationale du Québec

23456789 IML 09876

PAS LE HOCKEY! LE HOQUET, OK?

• Série Jolaine et Paméla •

**DE LA MÊME AUTEURE
AUX ÉDITIONS PIERRE TISSEYRE**

Collection Sésame

D'où viennent les livres?, roman, 2002.

Données de catalogage avant publication (Canada)

Painchaud, Raymonde

    Pas le hockey! Le hoquet. OK?

    (Collection Sésame ; 58)
    Pour enfants de 6 à 8 ans.

    ISBN 2-89051-886-8

    I. Titre II. Collection.

PS8581.A485P47 2004   jC843'.6   C2003-942258-5
PS9581.A485P47 2004

RAYMONDE PAINCHAUD

PAS LE HOCKEY!
Le hoquet. OK?

roman

**ÉDITIONS
PIERRE TISSEYRE**

5757, rue Cypihot, Saint-Laurent (Québec) H4S 1R3
Téléphone: (514) 334-2690 – Télécopieur: (514) 334-8395
Courriel: ed.tisseyre@erpi.com

*À tous ceux et toutes celles qui,
un jour, ont été punis injustement.*

1

UN DRAGON PAS
COMME LES AUTRES

Le nez dans ses tartines, Paméla
déclare :

— Je ne veux plus aller à l'école !

Jolaine, sa sœur aînée, referme la
bouche sans avoir croqué une bou-
chée. Elle se tourne vers sa mère, qui
regarde son père. Cette phrase est
tombée au milieu d'eux, comme un

œuf d'autruche dans un bol de soupe aux pois !

— Qu'est-ce que tu as dit, ma petite souris ? demande son père.

Paméla n'a pas relevé la tête, elle ne bronche pas, ne répond pas.

Il se passe des choses étranges, ces temps-ci, à l'école. Hier, Jolaine avait rendez-vous avec sa petite sœur à la bibliothèque. Lasse d'attendre, elle s'était alors rendue à la porte de sa classe et l'avait vue sortir, les yeux rouges. Paméla avait prétendu avoir reçu de la poussière de craie dans les yeux, mais Jolaine était sûre que ce n'était pas la vérité.

— Tu ne veux plus aller à l'école ? Qu'est-ce qui se passe, ma petite souris ?

Paméla jette un regard noir à sa montre. Incapable d'avaler ses rôties, elle promet à sa mère de manger des fruits, plus tard, à la récréation. Sous le regard interrogateur de sa sœur aînée, elle enfile son manteau qui semble peser une tonne. Puis elle reste là, sans bouger, la main sur la poignée de la porte. Elle attend sa sœur, comme d'habitude.

Une fois dehors, l'interrogatoire commence :

— Qu'est-ce qui te prend, tout à coup ? Tu n'aimes plus ton professeur ? Tu as peur de quelqu'un ?

Paméla se renfrogne et accélère le pas. Jolaine la pousse légèrement du coude, sautille devant elle. Rien à faire. Paméla reste fermée comme une huître. Le bruit de son sac battant contre son dos accentue son mutisme.

Dans la cour de récré, les deux sœurs se séparent sans se dire un mot. Jolaine esquisse un geste de la main, mais sa cadette a déjà le dos tourné.

Avant de regagner son pupitre, Paméla a glissé une petite boule de kleenex dans chacune de ses narines. Soudain, le professeur, monsieur Laliberté, l'apostrophe :

— Mademoiselle Breton, vous vous prenez pour un dragon, peut-être! Venez ici. Je veux voir le feu qui sort de vos narines!

Paméla remonte l'allée et se présente face à la classe. Tous les élèves pouffent de rire. Même ses amis. Yeux rivés au sol, la petite voit une larme atterrir sur le bout de sa chaussure.

— Enlevez ces bouchons ridicules et retournez vous asseoir. Après la classe, vous copierez vingt-cinq fois: *Je ne suis pas un dragon!* N'oubliez pas le point d'exclamation! Vos parents seront très heureux de signer ce chef-d'œuvre.

Tête baissée, Paméla retourne à sa place. Elle marcherait sous les tuiles s'il y avait de la place.

LA LEÇON
D'ÉLECTRONIQUE

— **P**lusieurs d'entre vous me posent parfois des questions relativement à l'électronique, commence monsieur Laliberté.

Paméla se tortille sur sa chaise. Ce sujet la passionne. Son amie Laurence se tourne vers elle, et toutes deux échangent un sourire complice. Mais, dans cette joie, il y a un *hic* qui transforme ce sourire en rictus. Paméla a peur d'avoir le hoquet. Elle est encore restée en retenue hier, car son professeur pense qu'elle le fait exprès pour faire rire ses camarades de classe.

— Quel autre mot trouve-t-on dans le mot électronique ?

— Hic !

— Électron, monsieur.

— Bravo, Laurence. Et le *hic*, c'était de vous aussi ?

— Non, monsieur.

— Hic !

— Peut-être y a-t-il dans la classe quelqu'un qui essaie de composer de la musique électronique. Je lui suggère d'ajuster son instrument. Ma patience a des limites. Oui, François ?

— Monsieur, est-il possible de fabriquer des toboggans électroniques qu'on pourrait diriger à partir de notre cerveau ?

— Tout est possible, François. Continue de rêver et d'étudier. Ce sera peut-être toi, l'inventeur des TÉGV.

Les toboggans électroniques à grande vitesse.

— Sssssssssss, hic !

Monsieur Laliberté s'immobilise brusquement. Il scrute lentement les frimousses qui le regardent. Paméla soutient son regard mais n'ose respirer. Quelqu'un d'autre a fait semblant d'avoir le hoquet, cependant elle ignore qui.

Le plus rapidement possible, monsieur Laliberté fait volte-face et s'immobilise de nouveau. Il toise ses élèves un à un. Puis il retourne lentement vers son bureau.

— Y en a-t-il parmi vous qui ont des questions précises à poser sur ce hoquet, heu... ce sujet ?

Devant le silence généralisé, monsieur Laliberté décide de passer à la leçon de mathématiques.

— Revenons à nos moutons...

— Électroniques ! lance Diane.

Et toute la classe se met à bêler. Bêêê... hic ! Bêêê... hic !

— Ça suffit comme ça! Taisez-vous immédiatement. Je sais que c'est vendredi, mais faites un effort, bon sang, vous n'êtes plus des bébés de première année! Prenez vos cahiers de maths.

Mine de rien, le regard rivé au sol, le professeur fait une pause. Le calme étant revenu, il explique que la leçon d'électronique est remise à plus tard. Pour l'instant, c'est une révision de la règle de trois.

— Si une personne a le hoquet toutes les trois secondes, combien de fois entendrons-nous le son *hic* en deux minutes? Une fois que vous aurez trouvé la réponse, vous pourrez commencer vos devoirs de fin de semaine. En silence!

3

UN HANNETON
QUI HOQUETTE

La récréation n'en finit plus, ce matin. Quelqu'un aurait-il déréglé l'horloge? Jolaine a délaissé ses amies pour observer sa petite sœur. Paméla s'amuse à sauter à la corde. Tout semble normal. L'aînée évite de s'approcher, car sa cadette n'aime pas trop qu'on l'appelle *la petite sœur de Jolaine Breton*. La cloche sonne enfin.

Mais Paméla n'a aucune envie de retourner en classe. Elle sait ce qui l'attend. À tour de rôle, les élèves doivent lire à haute voix un extrait de leur conte préféré. Ensuite, les autres essaient d'en deviner le titre.

Un garçon lit un extrait de *Gaspard, le ver de terre*. Le titre est facile à deviner, car c'est le seul conte de Noël où il est question d'un ver de terre. Paméla connaît cette histoire par cœur, mais elle se garde bien de donner la réponse. Elle a bien trop peur que le hoquet la reprenne.

Quand son tour arrive, Paméla ouvre l'album, dont elle a soigneusement caché la page couverture, et commence à en lire un extrait. Paniquée à l'idée de hoqueter, elle trébuche sur chaque syllabe.

— Je l'ai reconnu! s'écrie un élève assis dans le fond de la classe. C'est l'histoire de *Anna, le bébé hanneton qui hoquette*.

La classe entière éclate de rire. Paméla sent ses jambes se transformer en guimauve. Elle a chaud. Elle a froid. Elle se sent au bord d'un précipice,

prise de vertige. À travers ses larmes, elle voit Laurence tout embrouillée.

— Retournez à votre place, mademoiselle Breton. Vous avez plus de talent pour le cinéma que pour la lecture à haute voix.

Paméla titube entre les pupitres la séparant du sien. Quelques élèves ricanent encore.

Cette fois, c'est décidé. À midi, après avoir mangé, elle s'enfuira pour toujours de cette école. Auparavant, elle s'empresse de rejoindre sa sœur à la cafétéria et l'informe de ce qui se passe. Jolaine ne l'approuve pas du tout.

— Qu'est-ce qui t'a pris de mettre des boules de kleenex dans tes narines ? Tu es folle ou quoi ?

La bouche pleine de raisins secs, la petite explique que c'était un truc pour ne pas avoir le hoquet.

— Un truc de fou, tu veux dire! Je sais, moi, comment faire passer le hoquet. Premièrement, qu'est-ce que le hoquet?

— C'est quelque chose qui fait rire toute la classe.

— Sci-en-ti-fi-que-ment, qu'est-ce que le hoquet?

Paméla hausse les épaules avec résignation. Elle connaît la passion de Jolaine pour les expériences scientifiques. Elle sait qu'elle ne recule devant rien quand il s'agit de faire avancer la science. Peut-être serait-il préférable d'être punie par monsieur Laliberté plutôt que de servir de cobaye à sa sœur.

Dictionnaire en main, Jolaine énonce:

— Le hoquet est une contraction involontaire...

— Tu vois bien que je ne le fais pas exprès! Monsieur Laliberté croit que...

— ... du diaphragme...

— Qu'est-ce que c'est que ça?

— Un muscle large et mince qui sépare le thorax de l'abdomen.

— C'est pour ça que j'ai le *trax* quand j'entre dans la classe.

— Le thorax! Pas le trac. Le thorax est le lieu où sont logés le cœur et les poumons.

— Et le diagramme, je peux le voir?

— Pas le diagramme! Le di-a-phrag-me. C'est un muscle qui permet à tes poumons de se remplir d'air. S'il se contracte trop rapidement, l'air entre tout d'un coup et fait vibrer tes cordes vocales en passant. Cela provoque un bruit qu'on appelle le hoquet. C'est comme si tu entrais dans une cabine téléphonique en courant. Tu entendrais claquer les portes, pas vrai?

— Et j'entendrais un deuxième bruit lorsque je me cognerais le nez contre le téléphone. Puis un troisième quand je cri…

— J'essaie de t'expliquer des principes scientifiques, et toi, tu…

— Moi, ce que je veux, c'est ne plus avoir le hoquet !

— Alors, écoute-moi ! Nous avons tout le weekend pour trouver une solution à ton problème.

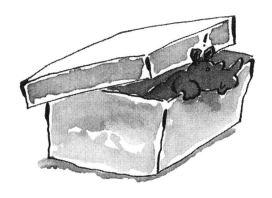

LES GRANDS MOYENS

Paméla entre à la bibliothèque re-joindre sa sœur, comme d'habitude, après la classe. L'aînée la tire par la manche et la traîne à leur table habituelle.

— Alors, il a fonctionné, mon truc?

— Oui et non. Oui, pour le hoquet. Non, pour la punition.

— Qu'est-ce que tu veux dire?

— Au moment où j'ai commencé à ressentir le trac, j'ai respiré profondément comme tu me l'avais expliqué. Je n'ai pas eu le hoquet, mais je me suis étouffée avec ma gomme et me suis mise à cracher comme un dragon qui vient d'avaler de l'eau.

— Je gage que monsieur Laliberté t'a donné une autre phrase à copier !

— *Je ne me gragrariserai plus en classe*. Je ne sais même pas comment écrire *gragrariser*, se plaint la petite en éclatant en sanglots.

La bibliothécaire, madame Surprenant, s'approche, lui offre un kleenex et fait un clin d'œil à Jolaine.

— Si vous avez besoin de moi, vous savez où me trouver.

Jolaine a de la peine à voir pleurer sa petite sœur.

— Ne t'inquiète pas. Nous allons prendre les grands moyens.

Pendant que Paméla renifle, Jolaine lui explique que la méthode infaillible pour faire cesser le hoquet, c'est d'avoir peur.

— J'ai peur d'être punie, chevrote Paméla.

— Par *avoir peur,* je veux dire *sursauter.* Je vais préparer une boîte que tu cacheras dans ton pupitre. Quand tu auras le hoquet, tu n'auras qu'à l'ouvrir.

— Qu'est-ce que tu vas mettre dedans ?

— Un rhinocéros miniature !

— Quoi ?

— Il faut que ce soit une surprise. Sinon tu n'auras pas peur.

— Quand j'aurai ouvert la boîte une fois, je saurai ce qu'il y a dedans après.

— Très juste. Je savais que tu finirais par avoir l'esprit scientifique, un jour.

— Et si le hoquet revient ?

— Justement, j'allais te le dire. Cette boîte sera ton dernier recours. Tu ne l'ouvriras que lorsque tous les autres moyens d'avoir peur auront été épuisés.

— Il y en a d'autres ?

— Fais marcher ton imagination!

Paméla essuie ses dernières larmes, puis se mouche bruyamment. Madame Surprenant pousse un chariot rempli de livres neufs qui sentent bon, tout luisants, tout invitants. Jolaine sourit. La bibliothécaire lui fait un clin d'œil. De son côté, Paméla a l'air perdue dans ses pensées. Tantôt elle fronce les sourcils, tantôt elle ouvre grand la bouche. Elle a maintenant les deux mains plaquées sur le visage.

— Je vois que tu as trouvé suffisamment d'idées pour te faire peur, constate Jolaine, le sourire fendu jusqu'aux oreilles. Tu n'as qu'à en dresser la liste et la coller sur ton pupitre. Viens-t'en, on va se choisir un beau livre. Ensuite, on rentre à la maison.

Sur la table de cuisine, un mot les accueille.

— Paméla, viens voir! Papa a signé ton chef-d'œuvre.

Paméla reconnaît les vingt-cinq phrases qu'elle a écrites: *Je ne suis pas un dragon!* Son cœur bat à tout rompre lorsqu'elle se rend compte que son père a écrit quelque chose au bas de la page. Elle prend la feuille et cesse de respirer.

— Lis! Tu ne te feras pas mordre!

Monsieur Laliberté,

Ma fille, un dragon ? Jamais de la vie ! Elle me fait penser à une petite souris, et je l'aime beaucoup.
Elle a mis des kleenex dans ses narines pour éviter d'avoir le hoquet. Monsieur le professeur, croyez bien que nous ferons tout en notre pouvoir pour contrôler ce malencontreux hoquet.

Alexandre Breton.

Paméla presse la feuille contre son cœur et ferme les yeux. Son papa chéri a pris le temps d'écrire un mot avant de partir pour Vancouver.

La petite hennit de joie et fait le tour de la cuisine au galop. Jolaine s'en réjouit. Elle entreprend de concocter une nouvelle recette de tartines. Sa surprise est totale lorsqu'elle voit le *cheval* s'arrêter, la mine basse.

— Ne pense plus à ton hoquet. Fais-moi confiance, tout va s'arranger.

Ferme les yeux, j'ai une surprise pour toi. Ce sera prêt dans cinq minutes.

Paméla s'assoit devant une sculpture appétissante : à la base, une tartine de beurre de graines de citrouille, sur laquelle trois morceaux de banane, dégoulinants de confitures de fraises, sont posés à la verticale. Ces piliers servent de support à une gaufre inondée de sirop d'érable, sur laquelle trône une boule de crème glacée en forme de tête de chat : des triangles de chocolat remplacent les oreilles ; des jujubes, le nez et les yeux ; des cure-dents, les moustaches.

Cuillère en l'air, la petite attend Jolaine. Au signal, toutes deux attaquent les œuvres d'art culinaire.

Une fois les sculptures rendues dans les estomacs, Jolaine ne perd pas une minute.

— Je vais demander à Hugues de me prêter un *rhinocéros miniature*.

Reste ici, je vais aller téléphoner dehors. Il ne faut pas que tu m'entendes.

Paméla accepte le marché, mais
elle ne peut s'empêcher d'espionner
sa sœur. Elle la voit faire de grands
gestes du bras gauche ; elle s'inquiète
de la voir rire aux éclats ; elle se demande comment tout ça va se ter-
miner. Mais elle fait confiance à sa
sœur.

— Hugues sera ici dans dix minutes. Quant à toi, tu devrais aller
chez Laurence.

5

LA *BOÎTE À PEUR*

Par la fenêtre de la cuisine, Jolaine surveille l'arrivée de son cousin Hugues. Il aime pédaler très vite, comme si tout explosait derrière lui. Il arrive souvent avant l'heure du rendez-vous.

— J'ai perdu mon crapaud baveur. Je t'ai apporté quelque chose d'encore plus efficace.

Hugues a neuf ans, il a une passion pour les insectes, les araignées, les reptiles. Il soulève le couvercle de la

boîte, juste assez pour que Jolaine puisse y jeter un coup d'œil. Main sur la bouche, pâle comme un linge, Jolaine recule de trois pas, heurte une chaise, tombe sur le derrière et ne parvient plus à bouger.

En apercevant Paméla qui revient plus vite que prévu, elle parvient à articuler :

— Je… cherche… le… pois chiche qui est tombé par terre. Qu'est-ce que tu fais ici, toi ?

— Laurence avait un rendez-vous chez l'optométriste. Un pois chiche ? Je croyais que nous mangions des spaghetti ce soir.

— Il n'est pas cuit, le pois. Hugues voulait me montrer comment fabriquer un lance-pierres, une fronde, je veux dire.

— Je te montrerai ça une autre fois. Mon père m'attend pour aller chez l'optométriste.

— Toi aussi ? coupe Paméla. Tu ne portes pas de lunettes pourtant.

— J'en ai peut-être besoin. Bye !

Jolaine montre à Paméla la fameuse boîte que leur cousin a posée sur la table.

— Surtout ne l'ouvre pas !

— Seulement si j'ai le hoquet.

Le lendemain matin, Paméla se plaint d'avoir mal dormi.

— J'ai vu des monstres toute la nuit, affirme-t-elle en observant les bulles dans sa tasse de chocolat chaud.

Jolaine se tourne vers sa mère.

— Je pourrais rester avec elle, maman, et lui montrer ses tables de multiplication. Dis oui…

— Il y a deux choses que j'aimerais vous voir multiplier.

— Il n'y a que les nombres qui peuvent être multipliés, l'interrompt Jolaine.

— Mangez vos rôties. Il faut partir dans dix minutes.

— Et n'oubliez pas de vous brosser les dents, entonnent Jolaine et Paméla.

Quand vient le moment de quitter la maison, leur mère s'informe du contenu de la boîte que Paméla tient avec précaution.

— C'est une boîte à…

Jolaine lui arrache l'objet des mains et passe devant elle en courant vers la porte. Sur le seuil, elle crie :

— Nous avons besoin de nos crayons de couleur aujourd'hui. Bye, maman!

Paméla sort de la maison en fuyant le regard de sa mère. Contrairement à l'aînée, la cadette ne sait pas mentir. Jolaine prétend que ce ne sont pas des mensonges mais plutôt des *arrangements*.

— Quand c'est trop dérangeant, explique-t-elle, il faut savoir s'arranger.

Chemin faisant, Paméla se demande pourquoi Jolaine a enroulé autant de ficelle autour de la boîte.

— Mon hoquet durera cent ans avant que j'arrive à ouvrir cette fichue boîte.

— Un jour, un être humain a inventé les ciseaux. Tu connais?

— Non, comment s'appellait-il?

— Pas l'inventeur! Les ciseaux.

Paméla n'apprécie pas l'humour de sa sœur.

— Tu boudes?

Le vent souffle de face, ce matin. Il faut se pencher un peu en marchant. Ce ne sont pas des conditions favorables à la conversation. Jolaine n'insiste pas. Elle laisse sa petite sœur prendre les devants.

Lorsqu'elles se font doubler par Hugues, à vélo, elles se trouvent à mi-chemin entre la maison et l'école.

— Veux-tu que je porte la boîte pour toi, Paméla ?

Jolaine n'a pas le temps de protester, que Hugues pédale déjà à vive allure, la boîte calée dans son porte-bagages.

6

BRANLE-BAS
DE COMBAT !

En arrivant dans la cour d'école, Jolaine scrute les supports à vélo. Elle a vite fait de reconnaître le bolide du cousin Hugues, mais le porte-bagages est vide. Alors que Jolaine balaie la cour du regard à la recherche du cascadeur, celui-ci arrive en courant.

— Paméla! J'ai porté la boîte dans ta classe. Ton professeur est malade. C'est une remplaçante aujourd'hui.

Bouche ouverte, se prenant le visage à deux mains, le regard perdu dans le ciel, Jolaine cesse de respirer. Dans sa tête défilent mille et un scénarios tous plus catastrophiques les uns que les autres : *la remplaçante ouvre la boîte et s'évanouit ; la « chose » se cache sous son pupitre ; elle réapparaît lorsque monsieur le directeur entre dans la classe ; les parents sont convoqués ; Jolaine et Paméla doivent changer d'école ; les journalistes encerclent la maison.*

— Jolaine ! La cloche a sonné. Vite ! Il faut aller prendre notre rang.

Paméla ne connaît pas la suppléante. Elle s'appelle madame Germain. Sitôt les élèves installés à leurs pupitres, elle se présente, puis elle prend la boîte, la soulève au bout de ses bras et annonce :

— Quelqu'un a laissé ceci pour Paméla Breton.

Paméla se lève et s'inquiète de ne pas sentir ses jambes. Madame Germain s'avance et donne la boîte à

l'élève assise au pupitre de la première rangée. L'objet passe de main
en main avant d'arriver à Laurence
qui chuchote :

— Il n'y a rien là-dedans. C'est du
vent ?

Paméla range la boîte dans son
pupitre et s'écrase le pouce en le refer-
mant. Elle réussit à réprimer un cri,
mais pas ses larmes. Laurence a tout
vu. Mine de rien, elle lui tend un
kleenex. Paméla n'arrive pas à lire
ce que madame Germain écrit au tableau. Tout à coup, elle se rend compte
qu'un papier circule dans les rangées.
Pendant que le professeur a le dos
tourné, le billet atterrit sur le pupitre
de Paméla. La petite essuie ses
larmes, et lit : *Attention ! Anna, le bébé
hanneton, va bientôt hoqueter.*

Paméla fait ni une ni deux. Elle se
lève brusquement, remonte l'allée en
courant et sort de la classe en faisant
claquer la porte derrière elle. Professeure et élèves figent, comme des
branches d'érable sous une couche

de verglas. Le regard de madame Germain scrute la classe à la recherche d'une explication. Puis, reprenant ses esprits, elle se lance à la poursuite de la fuyarde. Elle a tôt fait de rejoindre la petite qui s'apprêtait à sortir de l'école.

— Qu'est-ce qui se passe, Paméla ?

— Je ne veux plus aller à l'école ! Tout le monde pense que j'aime ça, le hoquet.

— Tu as le droit d'aimer le hockey. Où est le problème ?

— Pas le hockey ! Le hoquet !

— Viens, nous parlerons de ça plus tard. Je suis une spécialiste du hoquet, moi. OK ?

De retour dans sa classe en compagnie de Paméla, madame Germain croit s'être trompée de local. Debout sur leurs chaises, les élèves regardent tous dans la même direction. Madame Germain suit leurs yeux et aperçoit le postérieur d'un garçon qui rampe, une boîte vide à la main. Paméla comprend que quelqu'un a libéré la « chose »

qui y était placée. Le courageux qui cherche à la capturer, c'est Daniel, le jeune frère du cousin Hugues.

— Il n'y a pas de danger, assure-t-il en apercevant madame Germain, la morsure de la mygale n'est pas mortelle.

En entendant le mot *mygale*, la suppléante grimpe sur la chaise la plus proche, menaçant de faire tomber l'élève qui s'y trouvait déjà. C'est d'un regard horrifié qu'elle observe cette chose brun foncé, plus longue que le sous-marin qu'elle a mangé hier. Ce monstre velu, à huit pattes tout aussi répugnantes, se déplace entre les chaises et les pupitres. Le voici qui vient dans sa direction. On dirait qu'il a autant d'yeux que de pattes

Quant à Paméla, elle se souvient d'avoir été opérée des amygdales. Ses cheveux se dressent sur sa tête à la pensée que cette bestiole ait pu séjourner dans sa gorge. Elle revoit l'hôpital, la salle d'opération. Elle entend le bruit de la civière, le chuintement de la porte de l'ascenseur. Une odeur de médicament flotte jusqu'à ses narines, et… elle vomit son déjeuner juste à côté de l'araignée, qui s'enfuit en direction du corridor.

Du haut de son perchoir, madame Germain prend les choses en main.

— Daniel, dépêche-toi d'attraper cette araignée! Laurence, va au lavabo avec Paméla! Les autres, asseyez-vous à vos places! Laurence, referme la porte en sortant!

Après avoir déposé plusieurs essuie-tout sur le vomi, la suppléante s'adresse de nouveau à ses élèves d'une voix qui se veut ferme:

— Nous allons pratiquer des mouvements de respiration. Levez les bras en inspirant. Baissez les bras en expirant. Par la bouche. Je veux entendre votre souffle. On recommence.

Peu à peu, madame Germain retrouve son calme et ses esprits. Ses élèves aussi.

— Nous allons maintenant commencer la leçon de français. Je vais vous lire une histoire. Soyez très attentifs. À plusieurs reprises, j'arrêterai la lecture au milieu d'une phrase. C'est à ce moment-là que vous écrirez le premier mot qui vous vient à l'esprit.

Laurence et Paméla font leur entrée. Madame Germain reprend l'explication et ajoute:

— Après l'exercice, je relirai le conte en utilisant vos mots, à tour de rôle, aux endroits où j'aurai fait des arrêts. D'accord? Paméla, si tu ne te sens pas bien, tu peux poser ta tête sur ton pupitre. Vous êtes prêts? Je commence! Il était une fois un roi…

Mais juste à ce moment-là, Daniel entre en trombe dans la classe. À bout de souffle, il déclare:

— La mygale est dans le bureau de monsieur le directeur!

— Dans la boîte? s'inquiète madame Germain.

— Non. La porte était ouverte. Monsieur Pinsonneault parlait au téléphone. Je n'ai pas osé…

— Pas osé, quoi?

— Lui dire que la mygale marchait dans sa direction.

Mentalement, la suppléante voit l'affreuse bestiole escalader la jambe poilue de monsieur Pinsonneault. Un frisson lui glace le dos.

— Retourne immédiatement là-bas. Il faut avertir monsieur le directeur. Je compte sur toi, Daniel.

7

MADAME GERMAIN ET LA MÉDECINE CHINOISE

—**B**ien sûr, monsieur le président… Je comprends très bien votre inquiétude… Je m'en occuperai personnellement,…

La mygale escalade le pantalon de monsieur Pinsonneault, qui referme son cellulaire et se dirige vers la salle des professeurs d'un pas assuré. Après s'être servi un café au lait, il s'assoit à la grande table et feuillette un journal.

Daniel frappe à la porte déjà ouverte, scrute les coins et recoins de la pièce, mais n'ose parler. Le directeur l'aperçoit et le toise sévèrement.

— On demande la permission d'aller aux toilettes, et après, on en profite pour fouiner partout, c'est bien ça ? Retourne dans ta classe immédiatement !

— Je cherche ma mygale, monsieur.

— Ta mamie n'est sûrement pas ici. Va rejoindre les autres, petit farceur !

Daniel penche la tête vers l'avant, se mordille l'index.

— Allez ! Plus vite que ça !

Le jeune garçon balaie le plancher du regard en cherchant ses mots. Du coin de l'œil, il aperçoit la bestiole qui disparaît sous le réfrigérateur. Un peu rassuré, le garçon s'éloigne sur la pointe des pieds.

De retour en classe, Daniel informe madame Germain que l'araignée se trouve en lieu sûr. Accaparée par son histoire, la remplaçante n'en demande pas plus. Elle poursuit sa lecture. Au prochain arrêt, ce sera à Paméla de donner son mot.

— En apercevant le nouveau-né, le roi s'écria...

— Hic !

La classe tout entière hurle de rire. Sauf la professeure qui juge qu'un simple hoquet ne justifie pas une telle réaction. D'un coup d'œil, madame Germain constate le désarroi de Paméla. Elle s'approche de la petite qui hoquette et pleure en même temps.

— Tu vas voir, tout va bien aller, promet-elle en lui touchant l'épaule.

Puis elle s'adresse à la classe d'une voix forte :

— Je vais profiter de l'occasion pour vous donner une leçon d'anatomie et vous enseigner une façon toute simple de faire cesser le hoquet. Placez-vous debout, par équipes de deux, l'un derrière l'autre.

Madame Germain invite Paméla à la rejoindre à l'avant de la classe. Pendant que la petite continue de hoqueter et que plusieurs chuchotent, elle dessine au tableau un schéma de la colonne vertébrale.

— À partir de la première vertèbre qu'on appelle *atlas*, il faut repérer les septième et huitième vertèbres. Allez-y. Comptez.

Le dos tourné à la classe, Paméla ne comprend pas pourquoi les élèves ont tant de plaisir. Pour sa part, elle sent que madame Germain exerce une pression dans son dos. Son hoquet cesse comme par magie et... ne revient pas.

— Regagnez vos places, s'il vous plaît. Nous approfondirons cette leçon de médecine chinoise une autre fois.

Pendant ce temps, à la salle des professeurs, monsieur Pinsonneault se verse une deuxième tasse de café et ouvre la porte du réfrigérateur en quête de lait. Dès qu'il a le dos tourné, la mygale, qui est parvenue à grimper sur le réfrigérateur, sort de sa cachette et laisse filer une soie qui atterrit sur un sac de papier posé sur le comptoir à côté de l'évier. Monsieur Pinsonneault referme la porte et quitte la salle des professeurs, café en main.

8

LA MYGALE
SE RÉGALE

— **B**onjour, Lucie! claironne Jolaine en déposant son sac d'école sur la table de cuisine. Papa n'est pas là?

— Maman non plus? interroge Paméla.

En semaine, la famille Breton consacre un après-midi aux activités familiales. Ce jour-là, les enfants sont sûrs de trouver leurs parents à la maison. Aujourd'hui, mardi, ils avaient projeté d'aller en famille à la piscine municipale.

— Vos parents ont été convoqués par le directeur de l'école. Il paraît que le chat est sorti du sac.

La gardienne se croise les bras et se braque devant les deux fillettes. Jolaine hausse les épaules sans comprendre. Paméla, elle, s'inquiète.

— Quel sac?

— Un sac à lunch. Celui du professeur d'anglais, madame Spiderich. J'ai cru comprendre qu'après avoir ouvert la bouche pour croquer dans son sandwich, la pauvre dame a ouvert les yeux encore plus grands et s'est évanouie.

Paméla tourne lentement la tête en direction de sa sœur aînée. Celle-ci semble contempler la gardienne sans la voir. Immobile, son imagination tourne à plein régime. *Madame Spiderich s'évanouit; la mygale prend la poudre d'escampette; le concierge tente de ranimer la professeure d'anglais; un autre prof s'arme d'un balai,*

poursuit l'araignée mais frappe par mégarde les jambes du directeur accouru sur les lieux; monsieur Pinsonneault plonge et atterrit la tête la première dans le géranium que madame St-Onge, la secrétaire, chérit de tout son cœur; furieuse, elle tente d'arracher le balai des mains du brise-tout; on entend des cris dans la classe voisine; tous se précipitent et aperçoivent madame Germain, debout sur son bureau…

— Jolaine! Sors de la lune! C'est papa au téléphone.

9

LA PUNITION

Paméla n'a jamais vu Jolaine dans cet état. De toute évidence, sa grande sœur n'a pu conclure d'*arrangement*, cette fois-ci. Même si cette aventure partait d'une bonne intention, les parents sont sans pitié. La punition s'avère aussi rare qu'une mygale dans une soupe aux épinards. Interdiction de parler à table pendant une semaine! Pas de télé, pas d'ordinateur, pas de téléphone!

— Hormis vos tâches scolaires et ménagères, vous n'avez plus le droit de faire quoi que ce soit. Suis-je clair ? Maintenant, allez dans votre chambre. La punition commence tout de suite.

Paméla lance un regard à sa mère et y trouve le courage de s'adresser à son père :

— Papa, pourquoi suis-je punie, moi aussi ? Je ne le savais pas, moi, qu'il y avait une *amygdale* dans la boîte.

— Mygale, ma chérie, mygale. Tu as raison, j'aurais pu ne pas te punir. Mais je veux que tu apprennes à prendre des précautions avant d'agir à l'aveuglette, tu comprends ? Et puis, c'est par amour de sa petite sœur que Jolaine a agi de la sorte. Elle se sentirait bien seule si je ne te punissais pas. C'est à ton tour d'être solidaire, ma petite souris.

— Nous pouvons quand même nous embrasser, ajoute la mère. Nous vous punissons, mais nous continuons de vous aimer, n'est-ce pas, Alexandre?

Le père fait un petit câlin à sa fille et lui souhaite bonne nuit. Quant à Jolaine, elle a déjà disparu.

Le cœur lourd, Paméla entre dans la chambre en se traînant les pieds. Jolaine lui tourne le dos, assise à sa table de travail. On entend le crayon déchirer le papier. Paméla s'approche à pas de loup.

Jolaine se retourne brusquement vers elle. On dirait qu'elle a des serpents dans les yeux, et du vinaigre plein la bouche.

«Puisque c'est comme ça, je vais écrire au père Noël, songe Paméla.

Père Noël,

J'ai été punie parce que j'avais le hoquet. Ma sœur a été punie parce qu'elle avait une mygale. Maintenant, je vous écris et j'ai beaucoup de peine car ma grande sœur ne veut plus me parler.

Paméla.

P.-S.: S'il vous plaît, père Noël, dites à vos lutins de venir dans les rêves de Jolaine. Peut-être qu'elle ne sera plus fâchée contre moi. Merci à l'avance.

Une semaine plus tard…

Une rôtie dans chaque main, Jolaine déclare:

— Notre punition est terminée, et…

Le père entre dans la cuisine, tout souriant.

— Je suis fier de toi, Jolaine. J'aime beaucoup ce que tu m'as écrit. Veux-tu nous le lire, Paméla?

C'est une mygale égarée
Dans un sac en papier
Qui a fait voir rouge
Mon papa adoré

J'aimerais partir sur un cerf-volant
Regarder de là-haut mes parents
Oublier qu'ils m'ont punie
Car je les aime moi aussi

Si c'était à recommencer
Je ne changerais rien à tout ça
Rien ne peut m'arrêter
Quand il s'agit de Paméla

Si un jour vous rencontrez une mygale
Rassurez-vous, elle ne vous veut pas
 de mal
Elle est peut-être en train de secourir
Quelqu'un qui n'en peut plus de
 souffrir

Quoi qu'il arrive,
je l'aimerai toujours
mon papa d'amour.

La mère applaudit, autant pour le poème que pour la lecture impeccable qu'en a fait Paméla.

— Pour vous remercier de la façon dont vous vous êtes comportées pendant la période de punition, j'ai une surprise pour vous, déclare le père en sortant deux livres de sa serviette.

— *Le coucou !* s'écrie Paméla. C'est le livre que j'emprunte le plus souvent à la bibliothèque. Il est tout neuf ! Merci, papa !

— Toi, Jolaine ? Il te plaît, le tien ?
— *Mon amie, la mygale !*

Jolaine éclate de rire et, se tournant vers son père, elle se jette dans ses bras grands ouverts.

TABLE DES MATIÈRES

Raymonde Painchaud

Raymonde Painchaud exerce le métier de factrice, à Mont-Laurier. Toute la journée, les gens se plaignent de recevoir des états de comptes. Toute la journée, la factrice rêve d'écrire des contes. C'est pourquoi, la fin de semaine venue, elle écrit des histoires pour les enfants. C'est en faisant la vaisselle avec sa sœur Danielle qu'elle a eu l'inspiration de *Pas le hockey! Le hoquet. OK?,* son deuxième roman pour la jeunesse. Danielle et Raymonde, c'est un peu Jolaine et Paméla.

Collection Sésame